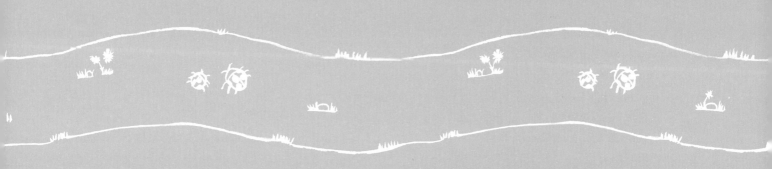

漢字部首繪本 四

跟屁蟲

作　　者：小荷

繪　　圖：Keman

責任編輯：黃花窗　劉紀均

美術設計：鄭雅玲

出　　版：新雅文化事業有限公司

　　　　　香港英皇道 499 號北角工業大廈 18 樓

　　　　　電話：(852) 2138 7998

　　　　　傳真：(852) 2597 4003

　　　　　網址：http://www.sunya.com.hk

　　　　　電郵：marketing@sunya.com.hk

發　　行：香港聯合書刊物流有限公司

　　　　　香港荃灣德士古道 220-248 號荃灣工業中心 16 樓

　　　　　電話：(852) 2150 2100

　　　　　傳真：(852) 2407 3062

　　　　　電郵：info@suplogistics.com.hk

印　　刷：中華商務彩色印刷有限公司

　　　　　香港新界大埔汀麗路 36 號

版　　次：二〇二一年七月初版

漢字部首繪本 四

跟屁蟲

小荷 著　Keman 繪

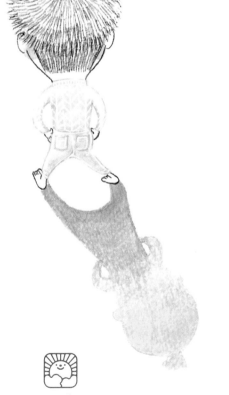

新雅文化事業有限公司
www.sunya.com.hk

妹妹是隻跟屁蟲，

老是跟在我的身後。

我跑，

她也跑。

我跳，

她也跳。

9

我蹲下，

她也蹲下。

我踢一下，

她也　　　踢一下。

我踮高腳尖，

她也踮高脚尖。

21

我跨出很大的一步，
她也跨出很大的一步。

我嘗試背着走路，
她也嘗試背着走路，

即使不很成功。

我們用力地踩住自己的影子。

手舞足蹈地跳起影子舞。

妹妹是隻跟屁蟲，
老是跟在我的身後。

給家長的話

　　小妹妹一天天長大，由從前四腳爬爬到現在會行會走，哥哥從此就多了一個「小跟班」。無論哥哥去到哪裏，妹妹都跟在他的身後，活像一隻跟屁蟲。哥哥跑，妹妹就跑；哥哥跳，妹妹也跟着跳；哥哥蹲下來看甲蟲，妹妹不知就裏也只管蹲下來。最氣煞人的是，哥哥踢起小石子發洩，妹妹也照樣踢着空氣！於是，哥哥腦筋一轉，故意做出「高難度」動作來留難妹妹。可是，儘管哥哥用盡力氣踮高腳尖，跨出很大的一步，甚至千方百計背着走路，仍然無損妹妹模仿自己的決心！為什麼妹妹要模仿自己？難道她天生就是隻跟屁蟲？不，妹妹只是崇拜她的哥哥而已。夕陽西下，兄妹二人晃動身體投射出滑稽的長影，他們就像跳舞一樣，好不溫馨。

　　《跟屁蟲》這個故事以「足」部的字詞貫穿，描述小妹妹因着崇拜哥哥而處處模仿他，「跑」、「跳」、「蹲」、「踢」、「跨」、「踮」只管有樣學樣。兄妹二人一路上追逐嬉戲，彼此作伴，成長的路從此不再孤單。

　　文字既是文化傳承的首要載體，亦是文化構成的重要部分。漢字獨特的構成方式不但反映了先民的生活面貌，還展現了濃濃的人情與義理。《漢字部首繪本》系列取材貼近孩童生活的故事，以近乎童詩的形式連結同部首字詞，凸顯部首與字義之間的關係。在這裏我們誠邀家長們與孩子共讀故事，通過有溫度的文字和圖畫帶領孩子走進漢字的世界！

小荷

作者簡介

小荷

香港中文大學教育碩士,修讀教育領導與行政,曾任小學教師八年,現為全職媽媽。曾於香港教育大學修讀兒童文學及文字學,喜歡創作童詩,熱衷研究漢字的源流和演變。從前每天為學生講課,現在每天給孩子講故事。2020 年創作繪本《找房子》獲得香港兒童文學協會頒發第四屆香港圖畫書創作獎首獎。

繪者簡介

Keman

香港教育大學榮譽教育學士,主修視覺藝術及中國語文,現職小學教師。擅長木顏色、水彩等傳統媒介,喜歡創作富質感的兒童插畫,主題以當下的感受和生活經驗為主。平日白天是溫柔、從容的班主任,到了晚上和假日會變成抓狂的媽媽。

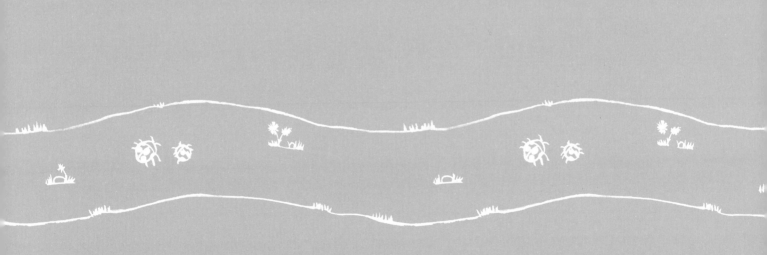